明 唐寅等著

伯虎雜曲等三種

廣陵書社

甲午冬月廣陵書社據飲虹簃所刻曲舊版刷印

伯虎閨情四闋世所傳者秪樓閣重重一套耳偶閱詞林選勝其三闋俱全且如皁羅袍柳絲句坊刻作綰斷今本作暗約香柳娘夢回句坊刻作巫山杳今本作巫山廟意調逈別的爲定本因覆錄之不妨並載云萬歷丙辰花生日慈公識

何子讀六如先生曲譜而喟然有感焉往予外叔祖酉巖秦氏博極羣書尤精音律嘗應試南都以八月既望縱步桃葉渡三吳士女靚粧炫服遊者如堵已而六館英豪平康姝

麗笙歌雜沓畫舫鱗次酉巖乃浩歌念奴嬌序一闋低回慷慨旁若無人環橋而聽者不可勝紀也頃之月墮沙堤漏殘銀蠟向之姝麗者爭前席交歡焉捧檀板以度曲挾雲和而授指綣周郎之盼睞祈薦枕于襄王悅李謩之譜詞效吹簫于秦女洵可樂也曾未數十年風流頓盡石城夜月空縣美人之思柘館笙篌不入鍾期之聽予外祖鳳巖公每向余道之未嘗不涕泗唏嘘也嗟夫人與世衰音隨代舛蕪音累句徒傳白苧之篇拗韻顛

腔秖豔紅泉之帙詎審塡詞按曲別准金科疊譜和腔須逢繡指未易以一二爲旨道矣詞林選勝一編乃魏良輔點板所載六如曲富甚予備錄之其徵詞祕旨種種不傳惜爲三家學究慢置題評十市街頭私行改竄鶯聲柳色第聞亥豕魯魚鳳管鸞箏莫辨浮沉清濁纖妍雖具妙義全乖不佞耳慚師曠心賞伯牙捐貲募工亟爲繕寫更以諸本刊誤附列如左庶幾碔砆對連城而失色明月錯魚目而愈珍即起六如酉巖兩公於九原當不以予爲傖父也丙辰三月禊日虎邱漫識

何大成慈公

趙元度啟云伯虎集搜訪極博矣敬服敬服第樓閣重重一套因他消瘦一套□□見其爲古詞元末國初人作非唐先生者而春去春來一套乃眞唐作矣乞入此而去此兩套庶爲善本元度博極羣書其言必非無據但考詞林選勝繫六如作未知孰是不佞志在擷摭麟角鳳毛在所畢登其眞其贋統俟博雅者考焉若日居沽市肆溷入淸廟則彙萃

各有主名罪不獨不佞也刻成不忍削夫姑
兩存以便歌者慈公

伯虎雜曲目次

卷二 目錄

[illegible]

[illegible]

[illegible]

失題四首

月[illegible]

[illegible]

失題十一首

山[illegible]

白虎[illegible]

失題五首

集賢賓

失題七首

[illegible]

[illegible]香

失題十二首

詠美人浴

黃鶯兒

卷[illegible] 小令

[illegible]

失題

朦朧相逢未巳無奈五更鐘
無語想芳容滿春衫淚漬紅征衣遠寄郎珍
重淒涼萬種關山幾重都成一樣相思夢覰
長空鵝毛碎剪迷斷九疑峯
孤枕伴殘燈悄無言珠淚零濃霜打瓦鴛鴦
冷淒涼五更綢繆四星愁腸早巳安排定恨
才人長門賦裏說不盡衷情（一作難說這衷情）
燈火夜闌珊繡簾風花影寒不除釵釧眠孤
館心兒漸酸口兒漸乾此時愁比天長短夢
巫山雲收雨散神女怨青鸞

日轉杏花梢送春歸把酒澆行人不念佳人
老青帘小橋黃騮滿鑣天涯何處無芳草路
迢遙歸期正早瘦損小蠻腰
寒食杏花天鳥啼春人晏眠一簾飛絮和風
捲芳菲可憐相思苦纏等閒鬆了黃金釧悶
懨懨朝雲暮雨魂夢到君前（一作魂夢繞巫山）
細雨溼薔薇畫梁間燕子歸春愁似海深無
底天涯馬蹄燈前翠眉馬前芳草燈前淚魂
夢迷（一作飛）雲山滿目（一作萬里）不辨路東西
風雨送春歸杜鵑愁花亂飛青苔滿院朱門

閉燈昏翠幃愁攢翠黛一作眉蕭蕭孤影汪汪
淚惜芳菲春愁幾許一作似海碧綠一作草遍天涯
秋水蘸芙蓉雁初飛山萬重行人道路佳人
夢朝霜漸濃寒衣細縫剪刀牙尺聲相送韻
叮咚誰家砧杵敲向月明中

桂枝香

春情

東風寒峭纔識春光來到殷勤點檢梅梢早
見南枝白了倩偷香浪蝶倩偷香浪蝶應是
未曾知曉卻在何方鬧鬧好良宵羅浮夜半

啼青鳥錯夢梨花燕語嬌

失題七首

春花滿眼數不盡紅深紫淺曉來風度湘簾
嬌怯鶯花流轉喚起春情萬千喚起春情萬
千點點有誰消遣空把雕闌倚遍悄無言啼
殘玉頰芳容減拋卻金針懶去拈

殘紅滿地又是春將歸去可憐一夜東風吹
落桃花千樹那愁蜂怨蝶那愁蜂怨蝶孤負
尋春情緒空逐飄飄飛絮滿天涯無端芳草
迷行騎難挽韶光住片時

子規啼切空叫東風寒夜春光已去多時猶道不如歸也故添人怨嗟故添人怨嗟不念我芳容消怯愁對孤燈明滅月初斜聽殘玉漏聲將歇欲夢陽臺路轉賒

蓮壺漏啟薰籠香細寒生小閣春殘人□□□□□看鞦韆影度看鞦韆影度疑是冤家來□□□□□□□事到薔薇摘花浸酒春愁重燒竹□□□□□□

紅樓凝思綠陰鋪地輕黃落盡蜂鬚淡粉烘乾蝶翅見雕梁燕兒見雕梁燕兒呢喃學語

困人天氣薄情的何處章臺路飛花襯馬蹄芳春將去玉人歸未心隨柳絮飄揚貌比梨花憔悴歎幽閨夢中歎幽閨夢中怎識關河迢遞音書難寄意如癡怪殺雙鸂鶒橫塘只並飛

封侯未遇王孫何處綠楊葉底黃鸝紅杏梢頭青子惜芳菲又歸惜芳菲又歸滔滔逝水欲留無計漏遲遲宿鳥驚枝去殘燈落燼時

集賢賓

失題 五首

冰肌玉骨香旖旎藕花深處亭池碧玉欄杆

誰共倚孤負了涼風如水光陰撚指又早是

破瓜時序年（一作紀）鸞鏡裏只怕到崔徽憔悴

紅樓畫閣天縹緲玉人乘月吹簫一曲梁州

聲裊裊到此際離愁多少青鸞信杳魂夢斷

十洲三島春色老看滿地桐花風掃

春深小院飛細雨杏花消息何如報道東君

連夜去須索要圈留他住金杯滿舉怎不念

紅顏春樹君看取青塚上牛羊無主

閒庭細草天色暝瀟瀟風雨清明萬斛春愁

兼酒病偏不肯容人甦醒殘花弄影明日是

滿枝青杏金鏡（一作釧）冷羅袖上淚沾紅粉

窗前好花香旖旎藕花深處亭池碧玉欄杆

誰共與歎瞬息年華如水光陰撚指又只是

破瓜年紀鸞鏡裏細看來十分憔悴

山坡羊

失題十一首

新酒殘花迤逗寒食清明前後羅衣冷落冷

落腰肢瘦獨自（一作個樣）愁何時有住頭剛能撥

遣撥遣還依舊芳草天涯人在否登樓登樓

望遠遊低頭低頭淚暗流

窗下雞鳴天曉天際王孫芳草煙波曠蕩曠蕩鱗紅杏翠黛彫愁眉怎畫（一作樣）描東風賺得賺得鶯花老紅燭金釵且漫敲香消香消一捻（一作扠）腰迢遙迢遙萬里橋信迢迢無些些憑準睡惺惺何曾安穩東風吹散吹散梨花影軟弱（一作怯）身輕身輕草上塵只愁鏡裏鏡裏朱顏損栲栳量金買斷春（一作難買春）傷神傷神額黛顰堪顰堪顰薄倖人燕子糚樓春曉箔上蠶眠春老海棠報道報

道花開蚕夜又朝光陰信手拋甫能炙得炙得燈光了燕子樓頭月又高春宵春宵歎寂寥裙腰裙腰香漸消

纖手尋常相挽親口曾教（一作親許來時）放膽塔尖兒上卻把人來賺咫尺間難猜對面山風雲氣色多少濃和淡鐵打心腸也弄酸無端無端惹這般休瞞休瞞道沒干（一作冤愆怎得魚兒上釣竿盤桓難道磚堦沒縫鑽）睡昏昏不思量茶飯氣淹淹向虛空嗟歎他推不慣到是誰曾慣那轉灣相逢着面顏除

非是天與天與人方便性命看來直破錢嬋娟嬋娟望可憐姻緣姻緣豈偶然

煖融融溼香肌體笑吟吟嬌羞容止牡丹芍藥都難比緊摟時心頭氣一絲起來拜謝拜謝天和地一作魂靈飛散青霄裏便死甘心說甚的相攜相攜手不離相思相思只自知一作釵垂釵垂寶髻披香脂香脂倘有餘

明月梧桐金井游子風塵萍根紅羅斗帳斗帳新霜冷掩翠屏斜身背着燈燈前壁上壁上形和一作憐影教我一作此際如何挨到明愁聽愁聽雁報更低聲低聲訴薄情

嫩綠芭蕉庭院新繡鴛鴦羅扇天時乍煖乍煖渾身倦整步蓮鞦韆畫架前幾迴欲上欲上羞人見走入紗廚枕底一作淚眠芳年芳年正可憐其間其間不敢言

情和愁纏人沉醉月和燈明人心地爲冤家使得心都碎骨髓情怎教人心棄毀藍橋路阻路阻春來水深院黃昏珠淚垂徘徊燈花燒做灰荼蘼闌干邊飛作堆

數過清明春老花到荼蘼事了光陰估值估

值錢多少望酒標先攘典翠袍三更倚道倚
道歸家早花壓重門帶月敲滔滔滔滔醉一
宵蕭蕭蕭蕭已二毛

排歌

詠纖足

第一嬌娃金蓮最佳看鳳頭一對堪誇新荷
脫瓣月生芽尖瘦幫柔滿面花從別後不見
他雙鳧何日再交加腰邊摟肩上架背兒擎
住手兒拿

月來高

失題四首

煙鎖垂楊院日長繡簾捲人靜鶯聲細花落
重門掩薄倖不來羞覩畫梁燕天涯咫尺咫
尺情人遠只怕路阻藍橋無由得見天天若
肯周全除非是夢裏相逢把奴衷腸訴一遍

園苑飄紅雨輕風蕩飛絮有意送春歸無計
留春住倚遍闌干默默悄無語雲山萬疊萬
疊空凝佇我的情郎知他在何處吁欲待要
寄封書只怕水遠山遙沒個便鴻去

送別長亭柳情濃怕分手欲跨雕鞍去扯住

羅衫袖問道歸期端的甚時候盟言未卜卜未卜鮫綃透唱徹陽關重斟別酒酒除非是解消愁只怕酒醒更殘愁來又依舊

鬢綰香雲擁釵分兩金鳳爲你多嬌態積下愁千種月冷黃昏孤燈有誰共情人悞我悞我良宵夢畫角聲吹梅花又三弄風休吹入繡幃中只怕惱動多情把奴相思病越重

對玉環帶清江引

歎世詞 八首

春來春去白頭空自挨花落花開朱顏容易

衰世事等浮塵光陰如過客休慕雲臺功名安在哉休想蓬萊神仙眞浪猜　清閒兩字錢難買苦把人拘礙人生過百歲便是超三界此外別無他計策

極品隨朝疑是倪宮保百萬纏腰誰是姚三老富貴不堅牢達人須自曉蘭蕙蓬蒿看來都是草鸞鳳鴟梟算來都是鳥　北邙路兒人怎逃及早尋歡樂痛飲百萬觴大唱三千套無常到來猶恨少

禮拜彌陀也難憑信他懼怕閻羅也難迴避

他枉自苦奔波回頭纔是可口似懸河也須牢閉呵手似揮戈也須牢袖呵　越不聰明越快活省了些閒災禍家私那用多官爵何須大我笑別人人笑我

暮鼓晨鐘聽得人耳聾春燕秋鴻看得人眼矇猶記做孩童俄然成老翁休逞姿容難逃青鏡中休使英雄都堆黃土中　算來不如閒打哄枉自把機關弄跳出麪糊盆打破酸虀甕誰是惺惺誰懵懂

有酒無花端的爲省酒有妓不佳也難當做有選妓要班頭方才是對手不論酸甜酒須飲一百斗爛醉酕醄通宵不肯走　老頭非是要出醜世事多參透一朝那話兒來要耍不能够想人生有幾個到九十九

荏苒春光不覺歸去早老朽容顏怎能又還小明月尚可邀昨宵難再找綠螘紅裙一刻不可少萬事由天何勞空自吵　甜的苦的一般樣老甜的多歡樂趲了些有名席睡了些風流覺把一個張揭老兒乾罷了

一主一賓一個知心倈一味一壺一輪明月

皎或把話兒嘲或將琵琶掃只唱新詞舊曲
多丟了只論今番往事多勾例　今年覺比
去年老緊耍著光陰到今日說你忙明日說
無鈔問先生那一日才是個好
競短爭長世事何時已富貴貧窮由天不由
己七十古來稀而今豈止你風雨憂愁又常
多似喜屈指尋思前途能有幾　赴會的從
今日受用起莫為千年慮對景且開懷有酒
須招妓既為人須索要為到底

和唐六如歎世詞十二首

王錫爵荊石

樂處酣歌時光容易過苦處奔波早晚偏
難度世界號娑婆苦樂平分破佩玉鳴珂
生辰不似他戴笠披簑安閒不羨他　別
人騎馬我騎驢更有徒行個日月疾如梭
天地旋如磨也非過意相摧挫
美竹幽花便是清涼界淡飯麤茶且共消
閒話白日若喧譁有約來良夜網得魚蝦
壺傾問酒家筆底走龍蛇詩成付會家
世間禍福亂如麻我也難禁架休言鵲與

鴉任作牛和馬只教方寸長瀟灑
覆轍番舟那個曾回首大劍長矛那個曾
丢手無數世間愁憑著人承受拜將封侯
是英雄鈎鈎拨簿持籌是愚夫枷杻　休
題能向死前休便算千年後步步使機關
也要天公湊行年五十曾參透
皁帽絲絲一第猶難料紫綬緋袍一品猶
嫌小量盡海波濤人心難忖着翠養翎毛
爲誰頭上好豕養脂膏爲誰腸内飽　千
尋鳥道上雲霄何必都經到平地好逍遥

高處多顛倒人世只是回頭少
畫棟雕梁推收紙半張綠鬢紅粧消除淚
幾行此事本尋常漫說多魔障百草芬芳
須防秋降霜萬木萎黄須逢春再陽　假
如傀儡一登場多少悲欣狀旁人費忖量
兀自生惆悵不知刊定傳奇上
百甕黄齏須了今生事一縷紅絲須是前
生繫人事有推移總是天安置智似靈龜
何常脫死期巧似蛛蜘何常不忍饑　命
通若在四更時夜半猶憔悴千年薦神碑

九日滕王記勸君且等時辰至
鐵鎖銅關財寶終須散玉液金丹遲速難遣限但放此心寬萬事從天斷不坐蒲團兩方棹臂還不戴蓮冠南華合眼看　人間苦海黑漫漫送盡聰明漢飢來粥與饘睡要牀和簟此外不須多繾綣
麋鹿山邊終日防弓箭鷃鵲簷前終歲愁貓犬身在畏途問頃刻憂機變恩愛纏綿名成仇恨緣涕淚流連多因勸善緣　白駒過隙難流轉何苦又加鞭靈台一寸間簇起和冰炭任教世事如電閃
愁多病多早已鬢毛皤恩多寵多轉入是非窩洗耳聽漁歌一一多嘲我漫天羅網方被浮名誤三載沈痾兒被阿爺誤　只今九表向天呼誓不上長安路黃昏夢已徂破衲還堪補聊就人間小結果
一粒芝麻救飢也是他一片黃瓜解渴也是他其餘萬事賒到了成虛話絕說西家殺牛與宰馬又說東家鑽龜與打瓦　他家圖甚王和霸一任的閒搭挂待乘博望

槎看過天河界那時祿祿纔干罷南陌東疇是兒孫馬牛趁舞秦謳是歡喜

寃仇萬事總悠悠勞生何所求一簇眉頭算前又算後三寸舌頭說强又說醜 鐃君一日千秋空落得多僝僽青山夢裏遊玄牝空中守羲皇一夢君知否

你會使乖別人也不呆你要錢財前生須帶來我命非我排自有天公在時該運該人來還你債時衰運衰你被他人賣 常言作法可消災怕沒福難擔戴有酒且開

懷見怪何須怪一任桑田變滄海

伯虎雜曲卷一

伯虎雜曲卷二

吳郡唐寅子畏譔

套數

步步嬌

春景

樓閣重重東風曉玉砌蘭芽小垂楊金粉銷綠映河橋燕子剛來到心事上眉梢恨人歸不比春歸早

〔醉扶歸〕泠淒淒風雨清明到病懨懨難禁這兩朝不思量寶髻插桃花怎當他繡戶埋芳草無情挈件蹋春郊鳳頭杜繡弓鞋巧

〔皂羅袍〕堪歎薄情難料把佳期做了流水萍飄柳絲暗約玉肌消落紅惹得朱顏惱心牽意挂山長水遙月明古驛東風畫橋俏冤家何事還不到

〔好姐姐〕如今瘦添楚腰悶懨懨離情懊惱落花和淚都做一樣飄知多少花堆錦砌猶堪掃淚染羅衫恨怎消

〔香柳娘〕隔簾櫳鳥聲隔簾櫳鳥聲把人驚覺夢回蝴蝶巫山廟我心中恨着我心中恨着

雲散楚峯高鳳去秦樓悄怕今宵琴瑟怕今宵琴瑟你在何方弄調撇得我紗窗月曉

〔尾〕別離一旦如芳草又見梁空落燕巢可惜妝臺人自老

夏景

閣閣蛙聲池塘曉水面荷錢小空庭暑氣消望斷藍橋天遠人難到清露滴梧梢怪林鴉底事飛來早

〔醉扶歸〕眼睜睜咫尺無書到困騰騰昏迷這幾朝最難禁風物動離情强追陪女伴尋芳

草偶穿鄰竹步芳郊淚痕忽恨湘妃巧

〔皁羅袍〕畢竟薄情難料等閒將好事雨散雲飄愁來不逐遠山消鏡中只惹孤鸞惱洛陽春好平康夜遙東山別墅西湖斷橋舊遊蹤跡渾忘到

〔好姐姐〕無端帶寬舞腰瘦伶仃相思病惱一身無主好似風絮飄愁非少情絲惹地那堪掃尊酒澆胸不宜消

〔香柳娘〕把金針暫抛把金針暫抛象牀眠覺夢魂長繞高唐廟奈佳期負卻奈佳期負卻

雁去碧天高人遠香閨悄歎塵埋歎塵埋瑤瑟甚日和伊再調這消息全然不曉

（尾）天涯極目迷芳草梧竹叢深冷鳳巢空使朱顏坐中老

秋景

滿地繁霜天將曉籬落黃花小墟煙淡欲消送別河橋境昔曾同到草木脫青梢睹園林蕭索驚秋草

（醉扶歸）冷颼颼庭院金風到事悠悠今朝異昨朝計歸程畫損玉簪兒詠幽懷亂積詩篇

草隔簾星漢俯空郊羨他牛女能逢巧

（皁羅袍）事變由來難料倏晴明又早雨泊雲飄從前恩愛一時消而今轉得終朝惱登高閒眺雲邊路遙苔蒙舊館煙迷野橋劉郎何日悲重到

（好姐姐）還憐冶容細腰怎禁持者般懊惱倦來剛睡又被魂夢飄精神少愁魔戀賴香醪掃心病能憑妙藥消

（香柳娘）我心如醉着我心如醉着杖誰推覺恍如焚卻祅神廟怕黃昏到了怕黃昏到了

天暗亂螢高城靜疏鐘悄柰離情多攪柰離情多攪欲把冰絃自調沒心緒躊躇到曉

〔尾〕陽關西去連天草愁斷飛鴻沒定巢滿目荒涼秋色老

冬景

落木哀風江城曉點點寒鴉小霜緊潦水消迢遞虹橋悄沒人踪到消息探梅梢見璚葩的皪開偏早

〔醉扶歸〕害相思思湯藥曾嘗到盼歸期一朝又一朝嬾安排錦帳飲羊羔只思量玉手拈

著草啟窗窺雪灑林郊花開頃刻天工巧

〔皁羅袍〕短倖心腸誰料不哀憐害我粉褪香飄眞情憶着氣難消名兒提起心先惱紫簫吹斷青鸞去遙酒闌金谷帆開灞橋姻緣總是修不到

〔好姐姐〕妖嬈翠鬟粉腰沒人憐幾番自惱凭闌行過轉覺神思飄知心少蛾眉淡了憑誰掃卯酒醺來秪自消

〔香柳娘〕恰朦朧睡着恰朦朧睡着被誰驚覺嗚嗚啼斷黃陵廟爲情人去杳爲情人去杳

淚染紫雲高夢着青山悄把湘靈舊瑟把湘靈舊瑟再向風前鼓調這哀怨聽來自曉

〔尾〕冰霜枯盡江南草未得離鸞返舊巢浩氣長吁天地老

失題

滿目繁華春將半回首情無限西樓畫捲簾芳草萋萋野花撩亂斜倚畫闌干把江南雲樹相思遍

〔忒忒令〕理冰絃將離懷自遣未彈時意慵心倦詞調短寫不盡心中愁怨空冷爐玉鑪煙又早見風兒細月兒明花陰半轉

〔園林好〕只爲他蘭香嬾燃只爲他金針嬾拈只爲他被姊妹每輕賤只爲他意懸懸只爲他恨綿綿

〔香柳娘〕漸香消玉減漸香消玉減青鸞羞見啼痕滴損桃花面怕黃昏到也怕黃昏到也衾冷倩誰溫枕孤有誰伴自長吁短歎自長吁短歎心兒暗思口兒頻念

〔好姐姐〕可憐正淒涼未眠冷清清把紗窗半掩更長夢短使人愁悶添眞堪怨寃家到此

誰迷戀不記得花前月下言

雙蝴蝶恨天歎紅顏多命蹇恨天負心的音信遠捱不過夜如年寬褪了兩行金釧恨天杳沒個便人兒將心事傳恨天空教我卜金錢眼望穿

玉抱肚薄情心變頓忘卻香囊翠鈿只爲他假話虛言哄得人意惹情牽朝思暮想病懨懨只落得瘦怯怯花容不似前

玉交枝時光似箭送青春催着少年看雙雙花底鶯和燕怎教人獨睡孤眠他在紅樓翠

幙醉管絃更不念我寒燈暮雨空腸斷訴不盡離愁萬千訴不盡淒涼萬千

川撥棹尋思遍恨冤家忒行淺不記得海誓山盟不記得羅幃鳳鸞不記得錦屏前不記得枕兒邊

僥僥令蒼天還念我再結此生緣有日相逢重歡忭把好話綢繆春晝短

尾殷勤寄與南來雁使情人心回意轉花再芳菲月再圓

失題

滿地梨花重門掩不覺春過半荼蘼香夢寒
風雨黃昏寂寥庭院美景對誰言多應負卻
看花眼
〔孝順歌〕長生術何處傳桃花笑人不似前何
事損朱顏何事鎖春山恩多成怨悔不當初
莫識風流面比翼肩並蒂蓮物尚然人苦不
團圓
〔香柳娘〕正曚朧睡酣正曚朧睡酣被鶯聲喚
轉枕痕一線紅香淺嘆四肢嬌軟軟歎四肢嬌
軟嬾把繡針拈慵將畫簾捲對蒼天暗占對

蒼天暗占相逢未便凄涼未滿
〔園林好〕你趁着青春少年我落得酸心苦膽
也只是命遭孤限空淚滴溼青衫枉寫恨滿
華緘
〔江兒水〕鬢蟬釵頭鳳塵蒙鏡裏鸞殘脂剩粉
無心管想前春故燒高燭把紅妝翫記昔年
同行明月把芙蓉看今日畫眉人遠冷透香
羅無奈東風翦翦
〔僥僥令〕病從愁裏得愁向病中添萬種情懷
誰排遣只得對青燈掩淚眼背天桃含淚眼」

〔尾〕韶華贏得傷春怨撫枕懷人夢魂牽留得飛花泣杜鵑

失題

花落花開不管流年度誰與花爲主傷心聽杜宇人面桃花甚時完聚有意送春歸無計留春住

〔江水兒〕雨過橫塘路池萍漲綠波紛紛柳絮隨風舞紗窗幾陣黃梅雨圓荷葉小難擎露景傍清和時序晝永人閒靜掩綠窗朱戶

〔園林好〕人去遠佳期未卜暗倚遍闌干數曲

見池內鴛鴦交頸不似你命兒孤偏似我命兒孤

〔川撥棹〕碧碧草沿堦海榴半吐綻蜀葵如錦簇那更令節蕤賓那更令節蕤賓遍懸貼神符艾虎怎將人鬼病魔怎將人鬼病魔

〔人月圓〕氣長吁情懷幾許惹離愁千萬縷一似散卻鸞凰一似散卻鸞凰再不想吹笙伴侶這離情欲訴誰這離情欲訴誰

〔五供養〕深沉院宇透入薰風暑氣全除涼亭堪宴賞有淸虛陽臺路阻雲雨事無憑無據

甚日重相會再歡娛未知道天意果是何如〔僥僥令〕光陰如撚指日月緊相催只見暑往寒來空中去不見有情人教誰寄書

〔前腔〕同雲纔密布六出滿空飛只見煖閣紅爐銀妝遍不見雁兒來教誰寄書

〔尾〕冤家莫把人孤負早會合共成一處免教我鳳隻鸞孤

香遍滿

秋思

春風薄分吹回楚臺一片雲入夢追尋無定準遠山疑淺顰仙蹤不染塵想應夢裏人解憐我傷秋恨

〔項寒窗〕漸江楓玉露初勻料想衡陽雁未賓盼巫峯朝暮信息難真誰知青鳥忽傳來信似雲軿降臨隱隱偶鬪試端詳月下丰神頓教艮夜生春

〔劉潑帽〕背人避影通芳信恨塵緣尚阻艮姻盈盈眼底明河近不得親脈脈添愁悶

〔大聖藥〕元都觀花事雖湮想天台緣未泯采春正合元郎韻知盼盼是你前身少不了今

生酬卻前生願豈但是一夜夫妻百夜恩從他間阻這赤繩到處自然相引

〔生薑芽〕秋蟾又吐痕採萸新壺觴肯向時俗混頻傳問待玉人攜芳醞任他吹帽金風峻黃花笑把簪蟬鬢屈指良辰是佳期從今定無孤辰運

〔尾〕離情一日三秋迅況秋宵容易斷魂待取相逢卻細陳

失題

因他消瘦春未見來眞個羞羞問花時還問

柳柳條嬌且柔絲絲不綰愁幾回暗點頭似嗔我眉兒皺

〔嬾畫眉〕無情歲月去如流有限姻緣不到頭懨懨鬼病幾時休繡戶輕寒透十二珠簾不上鉤

〔梧桐樹〕黃鶯似喚儔紫燕如呼友浪蝶狂蜂對對還尋偶無端故把人僝僽一片身心教我如何得自由梨花暮雨黃昏後靜掩重門只與燈兒廝守

〔浣紗溪〕我容貌嬌他年紀幼那時節兩意相

投琴心宛轉頻挑逗詩句包籠幾和酬他去
久有些個風聲兒未眞實見人須問個因由
〔劉潑帽〕淚遊那裏青驄驟向吳姬賣酒壚頭
烏絲醉寫偎紅袖厮逗遛半霎兒渾忘舊
〔秋夜月〕恩變作讐頓忘了神前咒耳畔盟言
皆虛謬將他作念他知否他待要罷手我何
曾下口
〔東甌令〕難消悶怎忘憂抱得秦箏上翠樓絃
聲曲韻都非舊淚溼透春衫袖青山疊疊水
悠悠何處問歸舟

〔金蓮子〕表記留香羅半幅詩一首做一個香
囊兒緊收怕見那繡鴛鴦一雙雙交頸睡沙
頭
〔尾〕等待他來時候薰香重爇舊衾裯把往事
從前一筆勾

針線箱

傷春

自別來杳無音信昨夜裏燈花未准五行中
合受淒涼運只索要苦縈方寸有時節獨立
在垂楊下可柰枝上流鶯和淚問合眞愁剮

縷金衣上都是啼痕
〔前腔〕過一日勝似三春看看早春光又盡害得那不疼不痛淹淹病漸覺這帶圍寬褪只見落紅滿城香成陣又是雨打梨花深閉門合眞愁悶縷金衣上都是啼痕
〔解三酲〕待寫下滿懷愁悶竟說與外人不信迴文錦圖空織盡寫訴與斷腸人幾番待撇尋思別事因又爭柰一夜歡娛百夜恩合今番病非因是害酒只爲傷春
〔前腔〕海棠嬌等閑憔悴損怎不見當時花下人東風不管人離恨空吹散楚臺雲如凝似醉悠悠勞夢魂恨不得一上青山變化身合今番病非因是害酒只爲傷春
〔尾〕恨薄情無憑准朝朝相思淚珠傾這樣傷春誰慣經

桂枝香

春情

相思如醉一春憔悴無端幾許閒愁惱亂離人情緒雲山萬疊雲山萬疊阻隔那人何處使我心如懸旆望天涯草綠江南路王孫歸

未歸
〔不是路〕楊柳依依嬾上粧樓學畫眉繡簾垂瑣窗斜把熏籠倚裙褪紅綃減玉肌傷情處深沉庭院重門閉十二闌干不語時留無計杜鵑苦苦催春去落花風細落花風細
〔長拍〕燕燕于飛燕燕于飛差池其羽畫梁間雙來雙去又早清明天氣滿目前綠瘦紅肥蠶箔吐新絲一似我柔腸萬千愁思待就迴文頭緒亂羞得去整頓金梭織錦機他那裏已是賦歸與敲斷了玉釵紅燭冷暗數歸期

〔短拍〕翠館紅樓翠館紅樓丹山碧水遠迢迢何處追隨長記別離時悵望斷雲殘靄都認做渭城朝雨夢裏相逢少頃假埋冤懊悔心凝
〔尾〕絞綃點點凝紅淚他見了恐教流涕羅袖深藏只自知

二郎神

失題

人不見奈料峭東風送曉寒正雨散雲收春夢斷鴛衾鳳枕怎消受空房虛幔可是煙花

緣分慳託誰行遞情傳簡整雲鬟對菱花教人怕見愁顏

〔前腔〕堪憐桃腮紅損眉山翠偃搵不住汪汪含淚眼爭知薄倖曾思念鴇寡鸞單牆角梅花落已殘冷清清和誰作伴恨漫漫強登樓無言獨倚朱闌

〔集賢賓〕堦前靑草長舊斑王孫何事不還李白桃紅春已半怪求友黃鶯相喚長吁短歎對景物愁腸千段淒涼限知甚日情當完滿

〔前腔〕相思相見難上難如隔萬水千山對月

和風調鳳管恨交頸鴛鴦折散心慵意懶久拋卻金針銀剪簾不捲羞睹着穿花雙燕

〔黃鶯兒〕偷把淚珠彈怕旁人冷眼看花落滿地驚春晚思昔枕邊叨叨細言叮嚀久久心不變怨天天將人阻隔不遣共團圓

〔前腔〕側耳聽啼鵑灑花枝似血鮮想應他也有離別怨白日懶言淸宵懶眠心頭常挂着相思線綠窗前揮毫未寫淚灑薛濤箋

〔琥珀貓兒墜〕風和日煖又見柳飛綿攪亂愁懷凝望眼幾時重續好姻緣惟願天天遣他

綮簾重鞦韆不動影漸過橋東添我悶懷百種往日歡娛盡成憂怨當初易悤悤酒冰銀甕摘花浸强把愁攻更闌人盡篆消猊叨漏聲遲送褥冷繡芙蓉無人共坐陪絳燭燼春紅

〔尾〕相思債無盡窮最苦是凰求鳳日斷天涯芳草濃

榴花泣

情柬青樓

折梅逢使煩寄到金陵是必見那芳卿將咱

言語記取眞一一的說與他聽自別來到今急煎煎遣不去心頭悶似楊花覆去翻來如芳草徧盡還生

〔前腔〕憑高眺遠望不見石頭城重山障亂雲凝茫茫都是別離情只落得淚淚盈盈恨不能生羽翮到妝臺訴與你聽千般恨有誰人知我衷情惟明月照人方寸

〔喜漁燈犯〕佳辰幾把闌干凭也只爲傷春你怎知我日夜相思竟忘餐廢寢你怎知我近日多愁悶漸覺帶圍寬褪說與他我決不學

王魁行說與他你莫學蘇小卿說與他酒泛金尊我也無心去飲說與他絃斷瑤琴我也無心再整說與他我怕聽雞鳴鐘聲報黃昏送五更那時節我的愁悶轉增

〔瓦漁燈〕想殺您初相見至誠想殺您笑來迎想殺您體素龎兒俊想殺您花月下好句聯賡想殺您叫着小名低低應想殺您對蒼天共盟想殺您臨岐執手苦叮嚀這衷腸事略略訴您知已話也難說與君聽正是恩恩萬般說不盡煩君去傳與我多情他若聞必然

淚零只怕他淚痕有盡情難盡落得兩處一般愁悶縈

〔尾〕梅花香裏傳春信報江南一種情莫學凍蕊寒葩心上冷（此套一作孫西川作）

新水令

失題

一從秋暮路傍窺閃流光又經春至總良媒無密期捱不過這寥寂無便寄半行書空自斷淸波鯉

〔步步嬌〕獨坐書齋漫把薰籠倚悶則和衣睡

無端走筆題信手縱橫都做了相思字終日意如癡把功名兩字空拋棄

〔折桂令〕有時節强對書籍悔過尋思間理文辭剛不到數行箋註幾個標題早不辨了周書漢史卻倒讀了者也乎之眼底昏迷脚步慵移又不覺繞書齋閒走千迴

〔江兒水〕俛首沉吟久何時得遇伊覷芳容旖旎多嬌麗待冤家嗔喜千般意訴咱行萬種相思味顛倒百番思議一段柔情做了兩家酬對

〔雁兒落〕我怕你害相思損玉肌我怕你乍相逢無恩義我怕你入侯門似海深我怕你把蕭郎空違背我怕你口中辭無剴切我怕你温存話面相欺我怕你埋沒俺眞誠意我怕你憐念着倍傷悲怎得人問個眞消息愁也麼疑俺志誠心自有天鑒知

〔僥僥令〕他倦繡停針不語時忽聽燕鶯啼疑是人蹤窗前至剛偷覷兩下悶相思

〔收江南〕呀早知道恁般折散呵誰待要當日遇嬌姿好似離魂倩女鎮相隨又不是襄王

雲雨夢驚迴細停晴看時卻原來虛齋寂寞
自徘徊
〔園林好〕想玉人花容柳眉不由人不如呆似
癡無奈雲山遮蔽生隔斷路東西生隔斷路
東西
〔沽美酒〕縮垂楊贈別離聽寒鴉似悲啼滿目
風光助慘悽傷情只自知欲訴待憑誰有日
嫁兒郎新婚燕爾怎知俺愁中滋味我呵恨
無能比翼並棲空獨自屈指佳期呀猛驚看
青衫淚溼

〔清江引〕多情自古添憔悴怕惹得傍人議將
心脈脈疑則索沉沉睡要相逢除非是夢見
裏同歡會

伯虎雜曲卷二

伯虎雜曲二卷都小令五十首套數十五篇見萬歷間何大成刊六如集卷四惟北詞對玉環帶清江引大成原錄四首後四首及王荆石和作十二首據珊瑚網卷十六補入何書舊藏飲虹簃中者南都陷時付之劫火頃游南後街書肆獲得坊本大橋風雪歸來夜午挑燈展誦如對故舊想見六如當日猶是承平世也原本錯綜失次爰按宮調別體製重爲寫定目眩意倦不知樓窗之旣白壬午除夕盧前福州南臺記

射陽先生曲存目次

小令

套數

朝陽先生曲稿目次

小令

駐雲飛

及第

翰林

内閣

歸隱

滿庭芳

春游

套數

一枝花

壽丁公滿七十

梁州序

詠雪

射陽先生曲存

射陽吳承恩汝忠譔

駐雲飛 四闋

及第

天下才名綠鬢朱顏正後生花外笙歌送闕下旌旄從叶宮錦賜袍紅笑領東風白馬驕嘶不受黃金控十二天街晝裏行

翰林

人世蓬瀛兩袖天香近九重寶帶銀魚控宮燭金蓮送叶談笑揔夔龍退食從容日上花甎閣下文章靜身在瑤臺第一層

內閣

黃閣清風新築沙堤宰相行掌握乾坤重燮理陰陽正叶雨露滿槐庭桃李香濃鎮國璠璵照世軒轅鏡圖畫麒麟第一名

歸隱

霖雨收功回首三台一笑中白社怡眞性綠野躭幽興叶天賜袞衣東四海人情指望間雲復爲蒼生動重見周公致太平

滿庭芳

春遊

山間水涯鶯遷喬大燕剪香沙東郊過雨春如畫碧草丹霞一壁廂馱紅袖銀鞍細馬一壁廂舞青旗茅店桃花垂楊下傳杯弄斝一不醉也不歸家

套數

北南呂一枝花

壽丁忍庵七十

唐時萬柳池晉代燒丹竈劉朝招隱地宋室等僊橋城壓金鼇最好是淮陰道引黃河一水遙愛你箇天生來地上神僊住居在畫不就人間蓬島

梁州

有時價載春水斜陽蕩槳有時價倚西風夜月吹簫今年七十剛來到朱顏未改白髮相饒花間翠羽洞口清霞下天風一派雲璈有一箇丁野鶴笑迷喜親捧靈芝有一箇丁令威舞翩躚閒尋華表和你箇丁忍庵醉糢糊戲弄蟠桃綺寮絳綃梅花十月東風繞綵袖翻玉樽到等待寒香月滿稍拼取酕醄

連天一色隨風千變六出是誰裁剪世間何
物此他皎潔輕纖謾道是銀龍墜甲玉鳳梳
翎粉蝶兒飛撩亂素娥粧閣上嬋娟錯認
楊花撲繡簾 合 清幽景最堪戀向銷金帳底
同歡宴羊羔酒美人勸
撲山如塑園林如染樓閣盡行粧點懸高一
望白雲鋪滿瓊田見了些水晶宮闕雲母軒
窗瑩徹琉璃殿更愛那疏籬茅店外小橋邊
斜壓梅梢映畫帘 合前
伴清光唯有殘蟾漸略約東風催轉笑遠山

微露半痕眉淺何猶白鶴迷淇樹鷺隱冰沙
蘆雁驚銀箭漁翁江上晚一簑懸閒載瓊瑤
壓釣船 合前
對冰湖表裏山川正老子興來非淺漫試拈
鐵笛倚空吹斷管甚麼舟回剡曲兵破淮西
口打卑田浣灞橋驢背上聳吟肩風捲寒花
撲帽簷 合前
節節高
曾經祝向天乞豐年天公果肯從人願行方
便瑞氣旋占書驗一連三白黃金賤遺蝗宿

瘴消除遍合不似春秋月和花時節到了尋
常見
閒烹小鳳團掃來煎一甌香帶余酣嚥塵襟
換展蜀箋磨端硯吳毫寫入新詩卷新詩教
與山童念合前
餘音
今宵醉醒懷同伴共鄒枚曾賞菟園草就相
如賦一篇

明史諸王列傳孝宗恒稱蜀多賢王舉獻王家範爲諸宗法讓栩尤賢明喜儒雅不邇聲伎創義學修水利振災卹荒嘉靖十五年巡撫都御史吳山巡按御史金粲以聞賜勅嘉獎署坊表曰忠孝賢良二十年建太廟獻黃金六十斤白金六百斤酬以玉帶幣帛

錢謙益列朝詩集讓栩蜀獻王五世孫昭王之子也蜀自獻王後四葉皆有文集行世昭王仁厚好儒術孝宗皇帝賜詩以河間禮樂江夏忠勤爲比王好學手不釋卷曰觀經史論法書作詩屬對皆有程要嘉靖二十六年薨諡曰成有長春競辰集楊愼序之

朱彝尊靜志居詩話蜀成王讓栩昭王賓瀚之子高皇帝昆孫正德五年襲封嘉靖二十六年薨有長春競辰集又云長春競辰集成都楊愼序之而升庵集不載宮詞一百首雖題曰擬古然如翠華一去寂無蹤疑諷康陵而作只恐君王道院行疑諷永陵而作也

長春競辰樂府目次

長春競辰樂府目次

散套

黃鐘醉花陰 慶中秋

南呂一枝花

小令

過錦浦 春游

前調

捲簾雁兒落帶過得勝令 春夜

玉交枝 四時 四首

慶宣和 四首 以下有缺詞

凌波仙 四時 四首

一半兒 四時 四首

黃鶯兒 風花雪月 四首

卜算子 幽東 五首

沁園春 十首

長春競辰樂府

明宗室朱讓栩譔

散套

黃鐘醉花陰慶中秋

良夜月明光皎潔萬里無雲一色樓榭盡瑩白天朗風清街市上人懽悅望銀漢如同白晝也卻正好擎盃賀這中秋節

喜遷鶯

露泠泠輕浸蘭麝風淅淅獻響簷鐵無息遠迴廊香靄篆結聽樓頭鐘鳴畫角咽卻初更天氣也秉銀臺高燒畫燭排金釵十二陳列

出隊子

向金莖臺榭透紗窗月影斜西風颼颼墜梧葉竹梢翩翩空自折把筆向芭蕉葉上寫

幺篇

正三秋時節樂良辰好風月籬邊黃菊爛金色欄外芙蓉似霜雪愛桂子清香手內折

刮地風

聞樹杪秋聲景蕭索過階前螢火明滅宿荒苔促織聲哽咽叫的悲切兒珠星光勝明月

梁州

豔陽高捷中風颯颭簾淡亭外鶯鳴燕語

紛口喧闐勝友爭奇俱到處紗遊戲其間蝶蝶賞

看新鉛繡香內苑風光曲逢遍新流彩鉛繡

南呂一枝花

莫教虛度也

一年香景惟今夜不覺的兔魄西斜願歲歲

尾聲

才分咏韶光風花雪月一任教雲鎖楚臺迷

過此宵香片刻值金樽酒未頭再歡娛須將詩

歎咏呼群稱有看錦太相接這正是美風流

勝蓬萊景象調奏韻韶音讚向仙闕引引

古水仙子

舞香塵紅袖翠拂

露氣滴呀金盤仙人掌內接透管清簫韻鐘鼓

望天街斗定母移微揚長生和王唇沈漏滴千

四門子

來書合道贊寂寞四酉

轉星移時帝北現銀河素練白桂風生遠影

看明月勝冠光滄碧沈浮雪霽淨鏡天邊輪月

幾百曲階除迤邐數十行竹徑參差並無些
點塵侵砌可只見松山栢嶺芝圃花蹊綠蕉
彷彿靑柳依稀觀形壯詩客留題轉迴廊四
闥通衢繞波瀾俯檻淸漪越透迤蓮池翠碧
又一處磊叢山假崔嵬更有引泉添口水錦
鴛鴦游泳多情致涵虛亭緊相對相對著翡
翠樓頭是那帝冑室眞可是難畫難題

尾

這軒堂包含景色誠然美物外淸新分外奇
四季韶華總歸此奪周天這氣數運流年歲

度願萬載皇基鎭無比

小令

鴻歸浦春遊

趁新晴紫陌行乘寶馬踏金鐙疏楊外拂面
風穠杏中侵衣映端的是入醉眼正春明覽
韶華無限情看乳燕翩翩競聽嬌鶯嚦嚦聲
賞心事歡迎小橋畔芳菲徑過了些途程遙
望見層樓上酒旗橫

前調

無兒孫有甚高趲家私空徒勞恰也是風飃

樹葉雰雨打花枝落單丟下孤孤恓恓老枯條人生在世總浮囂韶華四季虛看過九十日春光空自老酩子裏評駁地厚天高難言告每日空愁焦把我的九曲柔腸都碎了

又　捲簾雁兒落帶過得勝令春詞

向郊東草陌香漾塘池麗日篩涼陰柳小田莊揚扇輕前席繞黃梁長境夢邯鄲上

玉溪清春

花開春來處處有綠遍紅嫣透鶯啼荏苒辰燕語喧和候沽來一樽花下酒

前調夏

日當溫風透疏簾大雨時行後青旗簷外搭畫舫池中走沽來一樽蓮蕊酒

前調秋

玉露金風月過酉大火西流候風高鴻雁鳴露重寒蛩宿沽來一樽黃菊酒

前調冬

寒冬夜來客漣卯出戶類攜手竹爐火初紅月牖梅枝瘦沽來一樽桑落酒

慶宣和

簡子漁鼓隱世人松柏相親穿林入徑採芝莖誠能辦道修眞我也辦道修眞

前調

入聖超凡難至難月滿闌干笑擎盃酒强須乾則睡到紅日三竿我也紅日三竿

前調

五柳莊前陶令宅大似彭澤無限黃花有誰栽似他們去來去來我也去來去來

前調

覽勝樓東月鏡明湛露淒淸曩將玉屑效長

生不如我樂道隨平我也樂道隨平前案此下闕一葉約六首

凌波仙春

春山橫翠鎖明霞野色爛斑點數雅層巒遠近堪圖畫看其中景趣佳歎韶光萬頃精華樂忘憂天君泰無榮辱誠瀟灑笑傲向天地裏爲家

前調夏

金盤初湧火雲紅九陌浮埃撲面濛炎威熾烈多方共坐池亭午思慵理絲絲囑咐琴童

這琴有先賢志挽高人太古風對焦桐意樂在其中

前調秋

金風飄蕩曉松傍玉露初零幽徑涼白雲掩映虛亭上共詩朋遊翫賞展心懷笑樂徜徉飲盡了瓊花釀觀盡了景渺茫覽盡了一段秋光

前調冬

嚴威凜凜屬玄冥斗帳驚寒宿夢醒窗檽紙隙風聲勁驟簷鈴擊玉琤舞瓊瑤六出輕盈陳美食殽勤竝列華觴次第行慶人世歲樂豐登

一半兒春

無邊春色滿宮城藹藹和風暖自生桃李爭姸如繡錦燕鶯鷩一半兒飛來一半兒鳴

前調夏

時當清暑日初長風遞芙蕖十里香獨倚凭闌閑翫賞避炎光一半兒煩□一半兒涼

前調秋

金神行令景蕭條淅瀝秋霖灑芭蕉窗外風

訴鶯夢覺夜迢迢一半兒心口一半兒口

前調冬

濃雲靉靆暮天低火滅香銷冷狻猊遙憶情人魂夢裏數歸期一半兒愁懷一半兒口

黃鶯兒風

拂面透羅裳掀簾幃戶半張江湖時疊波光漾落殘紅過牆飛浮雲出岡簷前鐵馬聲嘹喨韻茫茫嗚窗送艇解凍柳隄傍

前調花

爛熳曉口口看韶華遍九垓深叢細蕊堪人愛口繁陰覆階散幽香透懷蜂飛蝶繞柔枝外甚奇哉千紅萬紫春色滿樓臺

前調雪

飛絮舞簾櫳逐狂風下遠空寒威凜冽江河凍密漫漫覆濛白皚皚路充烹茶幾度開相共小橋東藍關道阻凝積荻蘆叢

前調月

玉鑑湧蒼波口澄空星畔過亭亭皎潔清光播口口浪閃錯挂青山半對凭闌極目千方大慢吟哦擎盃自賞濾影浸山河

出隊子

若說道幽軒精緻看週遭竹數圍微風時動五鈴繫晝睡遙聞野鶴啼午日當窗猶未起

前調

若說道幽軒清暇謾徜徉獨靜雅呼童汲水煮茶芽笑傲茫茫天地家何勞鎖心猿在意馬

前調

若說道幽軒日月同蓬壺景象別碧雞啼處海天澗彩鳳鳴時暘谷徹魚簡輕獻心更悅

前調

若說道幽軒平淡玩松柏不易顏麤飽虀飯不辭難草履竹冠意自閒會見三華聚頂閒

前調

若說道幽軒誠正玩高樓氣氤氳翠微亭下肅塵氛涵虛池邊漾水瀛屬藥歸來日未曛

武陵春 即小桃紅

曉行紫陌趁東風驅駿馬輕鞭送芳草和煙暖茸茸柳陰濃辭鞍暫憩遊人眾仰前村望中聽鵑聲遙呀如噴火小桃紅

前調

玉欄干外日初融戲把秋千送仕女叢叢蹴雙鳳笑喧鬨閒情暗逐春光動墜雲髻半鬆插花枝微重零落下小桃紅

前調

春容滿眼數千重迤邐攜行從覽勝遊人亂交横意冲冲趁時好把韶華共上朝陽猶曚啟曙光纔動猛爭看小桃紅

前調

和風淡蕩曉陽濃萬斛春光重上苑繁華滿目中趣無窮雕鞍寶馬頻遊縱覩燕鶯飛冗覷蝶蜂喧鬨亂鬧探小桃紅

前調

春光初到北堂中適已興心偏縱畫棟珠簾影玲瓏景和冲葡萄酒熟開新甕觀鸞笙未終聽鳳簫復動試吹出小桃紅

前調

仲春天氣暖昭融披拂清飈動長養惟憑造化工喜色濃小園閒步遊階空舒綠雲葉豐綻紅霞顏重折一枝小桃紅

前調

明窗淨几坐樓東每展經書誦瀟灑襟懷志無蒙詎溶溶謾揮一簟涼颸動捲疏簾鉤控俯危欄遙送照眼小桃紅

前調

杜鵑啼徹五更風催醒莊周夢行色悤悤遠途中伴琴童輕籠翠柳朝煙封停青驄莫縱閒玄瞳方送看繞架小桃紅

前調

夜闌庭院月朦朧簾旌響微風動輕霧霏霏淺檐中小樓東無邊春色誰人共邀三朋喜同會羣友相眾秉燭照小桃紅

前調

吼聲料峭曉來風透繡幕寒威重燭影搖紅矮檠弄韻丁東飛檐鐵馬週遭動過江湖波湧入園林花送零落了小桃紅

長春競辰樂府

長春競辰餘稿三卷盋山館藏首卷擬古宮詞百首次卷詩餘第三卷別題擬元人樂府中闕一葉佚詞約六首以未見他本無從補訂既付鈔胥而八月十三日海上戰起余懷寫樣倉黃走嘉興從杭州返家舉室遷徙盡棄平生藏書獨此本若有神物呵護未失之道路間亦幸矣丁丑冬〻至盧前無爲縣記

圖書在版編目（CIP）數據

伯虎雜曲等三種 / （明）唐寅等著. -- 揚州 : 廣陵書社, 2014.11

（中國雕版精品叢書）

ISBN 978-7-5554-0166-7

Ⅰ. ①伯… Ⅱ. ①唐… Ⅲ. ①散曲－作品集－中國－明代 Ⅳ. ①I222.9

中國版本圖書館CIP數據核字(2014)第238084號

ISBN 978-7-5554-0166-7

9 787555 401667 >

2011—2020年國家古籍整理出版規劃項目

揚州中國雕版印刷博物館藏板

伯虎雜曲等三種

（中國雕版精品叢書）

著　　者　（明）唐寅等

責任編輯　王志娟

裝幀設計　心宇 · 孫潤生

出 版 人　曾學文

出版發行　廣陵書社

社　　址　揚州市維揚路三四九號

郵　　編　二二五〇〇九

電　　話　（〇五一四）八五二二八〇八八　八五二二八〇八九

印　　刷　揚州（廣陵書社）雕版印刷傳習所

版　　次　二〇一四年十一月第一版第一次印刷

標準書號　ISBN 978-7-5554-0166-7

定　　價　伍佰捌拾圓整（全壹册）

http://www.yzglpub.com　E-mail:yzglss@163.com